FLEURS DES CHAMPS

PAR

MADAME CAROLINE VAUCHÈRE.

PARIS.
GUSTAVE BARBA, ÉDITEUR, RUE MAZARINE, 34,
FONTAINEBLEAU.
F. L'HUILLIER, LIBRAIRE, RUE DE FRANCE.

1840.

FLEURS DES CHAMPS.

POÉSIES.

Fontainebleau, Imp. de E. JACQUIN.

FLEURS

DES CHAMPS

PAR

MADAME CAROLINE VALCHÈRE.

PARIS.
GUSTAVE BARBA, ÉDITEUR, RUE MAZARINE, 34,
FONTAINEBLEAU.
F. L'HUILLIER, LIBRAIRE, RUE DE FRANCE.

1840.

A ma Mère.

FLEUR DES CHAMPS.

FLEUR DES CHAMPS.

Au bord d'une source féconde
Où boivent les petits oiseaux,
Modeste fleur, tu vins au monde
Entre la mousse et les roseaux.

Fille de la joyeuse Aurore,
Et de l'inconstant Aquilon,
L'ombre des bois te vit éclore
Dans un solitaire vallon.

Tu n'empruntas qu'à la nature
Tes doux parfums et ta couleur;
L'art ne créa ni ta parure,
Ni ton duvet, ni ta fraîcheur.

Si la coquette à son corsage
Attache la rose ou l'œillet,
La jeune vierge du village
Se pare d'un brin de muguet.

L'enfant cueille pour sa couronne
Le doux bleuet couleur de ciel;
L'abeille qu'affame l'automne
Dans son calice boit le miel.

De ta corolle frémissante,
Le papillon fait son réduit,
Comme sous ta feuille tremblante,
L'alouette cache son nid.

Tu n'as qu'une chétive place
Sur notre terre de douleur;
La simplicité fait ta grace,
Ton mérite c'est ta pudeur.

De sa beauté trop fugitive
Je compte les derniers trésors,
Quand l'oiseau, d'une voix plaintive,
Murmure ses derniers accords.

Dès que le jour va disparaître,
Hélas ! ton règne va finir.
C'est le matin qui te vis naître,
C'est le soir que tu dois mourir.

Puisse mon humble poésie
Durer aussi quelques instans,
Je bénirai la fantaisie
Qui me fit rêver FLEUR DES CHAMPS !

MA MUSE.

MA MUSE.

(SONNET).

Pièce qui, avec deux autres, a obtenu à l'auteur une fleur à l'Académie royale des jeux floraux de Toulouse.

Oh ! s'il est sur la terre une enfant aux yeux bleus,
Rieuse quelquefois, mais plus souvent pensive,
Qui, vous voyant chagrin, dans sa bonté naïve,
Pour essuyer vos pleurs abandonne ses jeux ;

Contraste insuffisant

NF Z 43-120-14

Si sa voix, frêle et pure, à notre oreille arrive
Comme celles d'amans qui se parlent entre eux ;
Si, pour toute parure, à ses jolis cheveux
Elle attache un œillet qu'elle a baigné d'eau vive;

Comme un frais papillon sous la feuille caché
Laisse son duvet d'or au doigt qui l'a touché,
Si le bruit l'effarouche et la rend bien confuse ;

Au méchant qui se plaint pour la mieux abuser,
Si, crédule, elle donne une joue à baiser,
Cette enfant aux yeux bleus, je la prendrai pour muse.

SI J'AVAIS QUARANTE ANS.

SI J'AVAIS QUARANTE ANS.

Si j'avais quarante ans, à la coquetterie
Je dirais franchement un adieu sans retour,
Du bel âge abdiquant l'heureuse étourderie,
Je fermerais mon cœur aux dangers de l'amour;

Au bois, je n'irais plus rêver dans le silence
A de jolis secrets, à de lointains désirs,
Et pour le temps stérile où s'enfuit l'espérance,
J'aurais une moisson, de tendres souvenirs.
La nuit, quand les reflets de la lune amoureuse
Blanchiraient l'horizon, d'étoiles parsemé,
Je n'irais plus tout bas, palpitante et honteuse,
Murmurer en tremblant le nom d'un être aimé;
Je ne l'attendrais plus, à genoux sur la rive,
    Au premier rayon du matin;
Et le soir, toute seule, en m'en allant pensive,
Je ne me dirais plus... il reviendra demain.
Déposant du roman la lecture frivole,
Aux rêves insensés je ferais mes adieux ;
Gresset qui réjouit, Fénélon qui console,
Composeraient dès-lors mes loisirs sérieux.

A l'ombre des vallons où soupirait Catulle,
L'été, j'irais souvent rafraîchir mes esprits,
Ou des nobles pensers d'Horace et de Tibulle,
Relire au coin du feu les immortels récits.
Dans ma dévotion, contraire à ces coquettes
Dont les cœurs désolés au déclin de leurs ans,
Ne trouvant plus, hélas! ici-bas de conquêtes,
Cherchent au Paradis de célestes amans;
Quand tinterait pour moi l'heure de la tristesse,
J'épancherais mon âme au sein de l'Eternel;
Avec discernement partageant ma tendresse,
J'aimerais tour-à-tour et la terre et le ciel.
Au bal je n'irais plus en brillante parure,
Etaler de mon sein la pudique blancheur;
Sur ma robe de gaze, ou dans ma chevelure,
Je n'attacherais plus une modeste fleur.

Et quand, pour consulter ma vieille expérience,
La vierge aux doux regards, le timide amoureux
En cachette viendraient me faire confidence
Des maux dont, à vingt ans, on est toujours heureux;
Loin de voir sur mon front le pli de la colère,
Ils auraient en mon cœur un sage conseiller;
A leurs premiers chagrins voulant m'associer,
Pour les comprendre mieux je me ferais leur mère.
A l'homme je dirais : « Ne la trompez jamais !
» Jeune, aimez saintement, protégez cette femme,
» Qui, la première au monde, éveilla dans votre âme,
» De l'ineffable amour les énivrans bienfaits.
» N'effrayez pas sa foi d'un trop ardent délire,
» Ne la flétrissez pas par un amour impur;
» Il ne resterait rien de son joyeux sourire,
» Rien de son frais regard si candide et si pur.

» En ce monde tout meurt, telle est la loi commune;
» Il faut, vous le savez, une proie au destin,
» Et la vierge, et la fleur, ont la même infortune;
» Pour elle adoucissez la pente du chemin. »
Je dirais franchement à l'humble jeune fille :
« Gardez bien, pauvre enfant, votre premier regard;
» De la noire prunelle où le sentiment brille,
» Oh! n'allez pas jeter les rayons au hasard;
» Aux doux propos d'amour soyez un peu farouche;
» De vous faire adorer, fuyez l'occasion;
» Le bonheur, voyez-vous, c'est un frais papillon
» Qui s'envole dès qu'on le touche. »
A l'enfant je dirais : « Cher ange, aime ta mère,
» Car elle t'a nourri de son lait bienfaisant;
» Le soir, entre ses bras, elle a clos ta paupière
» Par un divin baiser, par un céleste chant.

» Le jour elle a compté, palpitante et craintive,
» Tes premiers pas errans, tes souris et tes pleurs;
» Et toujours loin de toi, sa tendresse attentive,
» A chassé les tourmens, ainsi que les douleurs,
» Aime-la... Qu'en ton cœur son image modère
» Le chagrin, sur nos jours, sans cesse suspendu ;
» Car si pour nous, du ciel, un ange est descendu,
» Oh ! c'est à coup sûr notre mère. »

Si j'avais quarante ans, d'un luxe raisonnable
J'ornerais sans éclat ma modeste maison ;
J'aurais toujours bon feu, bons vins et bonne table;
Des amis et des fleurs durant chaque saison.
Je saurais bien venger la douloureuse injure
Du temps, hélas! qui passe et nous flétrit,
En faisant oublier les plis de ma figure,
Par les graces de mon esprit ;

Dédaignant des salons le plaisir éphémère
J'irais à l'amitié demander ses faveurs,
Et mon empire aurait d'ineffables douceurs
Si je plaisais à l'âge où l'on cesse de plaire.

QU'AI-JE DONC FAIT?

QU'AI-JE DONC FAIT ?

Quand l'aube en pleurs
Baigne les fleurs
De la colline ;
Quand l'églantine

Au doux matin
Ouvre son sein ;
Quand l'hirondelle,
Toujours fidèle,
Dans nos pays
Cherche un logis
Pour sa famille
Fraîche et gentille ;
Quand du hameau
Le gai troupeau
Dans la prairie
Verte et fleurie
Tond le gazon ;
Quand l'oraison,
A la prière,
Chasse ma mère,

Vite, là-bas
Pour voir Colas,
Je me faufile,
Et bien habile
Qui me suivrait
Dans mon retrait.
Là, le feuillage
Prête un ombrage
A nos amours;
Le mot toujours,
Qu'à la pauvrette
Colas répète,
Remplit mon cœur
D'un doux bonheur.
Au bord de l'onde,
Source féconde

Qui là s'enfuit
Claire et sans bruit,
La place est douce :
Tapis de mousse,
Riants berceaux,
Petits oiseaux,
C'est là que l'ame
Brûle et s'enflamme,
Que le baiser
Peut tout oser,
Que l'amour tendre
Peut tout prétendre,
Que le désir
Peut tout saisir.

. . . . . .

. . . .

Le temps s'écoule,
L'oiseau roucoule;
Colas se tait,
Qu'ai-je donc fait?
Plus de caresses,
Plus de tendresses,
Sa froide main
Quitte mon sein;
Malgré ma peine,
Sa voix se traîne
En longs soupirs;
Adieu, plaisirs,
Plus de promesse,
De longue ivresse,
Colas se tait,
Qu'ai-je donc fait?

Pleine d'alarmes
Je sens des larmes
Mouiller mes yeux,
Glacer ses feux;
Quand je respire
Sous son empire
Il ne dit mot;
Me fuir sitôt!.....
Ma voix fidèle
En vain l'appelle,
Colas se tait,
Qu'ai-je donc fait!...

. . . . . .

O souvenance!.....
Trop tard, je pense
Qu'un triste soir
Je vins m'asseoir

Dans la chaumière,
Et là, ma mère
Me dit : « Enfant,
» Sois toujours sage,
» De ton jeune âge
» Garde la fleur,
» Ton pauvre cœur
» Est neuf encore,
» A ton aurore
» Crains le déclin,
» L'esprit malin
» Poursuit les filles
» Qui sont gentilles,
» Or, ce démon
» C'est un garçon

» De fraîche mine,
» Qui vous lutine,
» Et veut de vous
» Trésor bien doux,
» Qu'il abandonne
» Dès qu'on lui donne.
» Pour abuser,
» Son doux baiser
» Devient plus tendre,
» Il sait surprendre
» Un cœur naïf;
» D'un œil lascif,
» Il vous regarde,
» Puis se hasarde
» A des attraits!
» Mais je me tais!...

» . . . .

» Fille cruelle,

» Fille rebelle

» Est un bijou,

» Fille docile,

» Fille facile

» N'est qu'un joujou. »

. . . .

Dans ma détresse

Avec tristesse

Je reste, hélas!

Adieu, sagesse

De ma jeunesse,

Adieu, Colas!.....

LE JASMIN.

LE JASMIN.

A SON AMIE, MADAME LA MARQUISE DE LATOUR-BEAUCHÊNE.

Quand des bois dépouillés le vaste amphithéâtre
Se dérobe à nos yeux sous un voile grisâtre,
Quand la grive frileuse a quitté nos vallons
Pour chercher loin de nous de fertiles sillons,

2.

Mes yeux tombent sur toi, jasmin de ma fenêtre;
Le passé que j'aimais, soudain vient m'apparaître,
J'admire avec orgueil ta suave beauté.
Quand tout meurt sous la faux de l'hiver irrité,
Du dangereux amour, rêvant la folle ivresse,
Hélas!... sans toi, mon cœur eût perdu la sagesse!
Mais je bénis le sort, puisque dans ma douleur
Je demandais une ame, et je trouve une fleur.
Les parfums recélés au fond de ton calice
M'apportent du printemps l'inneffable délice,
Je crois cueillir encore, à travers le guéret,
La gerbe qu'a doré le soleil de juillet;
Je sens près de mon feu la brise printannière
Qui féconde des lys l'odorante poussière,
Tandis que tout là-bas, le pâtre du hameau,
Par des chemins ombreux, ramène son troupeau.

Il me semble revoir cette verte prairie
Où naissent tant de fleurs que la saison varie ;
Décembre au doigt glacé s'envole dans les airs,
Emportant les frimats qui voilaient l'univers.
Je sens le vent du soir agiter la verdure;
Sous les saules en pleurs, la source qui murmure,
Prête, pour s'y baigner, aux timides vanneaux,
Le sable de ses bords, la fraîcheur de ses eaux ;
Je regarde des blés les ondes turbulentes,
Assise mollement sur leurs rives tremblantes;
Avec recueillement j'entends, comme autrefois,
Le ramier soupirer sous la mousse des bois.
Je me souviens qu'alors, dans un lointain village,
Les pauvres s'en venaient attendre mon passage,
Et, tristes, m'apprenaient en me tendant la main
Que depuis bien longtemps ils n'avaient pas de pain :

Alors, le cœur navré, pleurant de leur misère,
Je les menais au seuil où m'attendait ma mère,
Et l'aumône aussitôt, venant à leur secours,
A l'abri du besoin les mettait quelques jours:
Je crois voir le matin, sur la terre épuisée,
Répandre goutte à goutte une fraîche rosée:
J'écoute en m'inclinant dans le clocher tout noir
Résonner tristement la prière du soir.
Mais que vois-je! ô jasmin!... une pétale tombe;
Hélas! avec ta fleur ma chimère succombe!
Hier, en respirant tes parfums énivrans,
J'avais cru retrouver mon bonheur de quinze ans!
Mes rêves d'autrefois, la joyeuse espérance,
Un ciel bleu, le printemps, ma naïve innocence;
Enfin, vers la jeunesse aux jours de mon déclin,
J'avais, en souriant, descendu le chemin.

Adieu, tige chérie, adieu, parfum céleste,
Adieu, vierge des bois, au front pur et modeste,
Chaque pétale, hélas! qui tombe entre mes mains,
Est un regret de plus, est un espoir de moins;
Mes songes caressans, mes plaisirs éphémères
Suivront dans le néant tes grâces passagères,
Et bientôt s'en ira, semblable à ta fraîcheur,
Dans la réalité ma poétique erreur.
Mais tes restes chéris que le temps décolore,
Après toi, sur mon sein, reposeront encore;
Fraîche, à te cultiver, je mettais mon bonheur,
Morte, à te conserver, j'attacherai mon cœur.
Je t'aime, car au monde où la femme est captive
De mes pleurs j'ai baigné ta beauté fugitive,
Je t'ai redit tout bas mes plaisirs d'autrefois,
Tandis que frissonnante, aux notes de ma voix,

Tu savais me répondre, en penchant ton feuillage,
Des mots dont j'entendais l'harmonieux langage.
Adieu, pâle jasmin, hôte de mon réduit,
Qui me charmait le jour, et m'embaumait la nuit;
Adieu, douce compagne, étoile des vallées,
Lumière de mon ame, astre de mes veillées,
Quand de vivre avec toi j'ai perdu la douceur,
Sur tes débris fanés laisse couler mes pleurs.
A ma mère j'ai dû la tristesse de vivre,
Au bel âge j'ai dû l'amour qui nous enivre;
Le travail où l'on puise un esprit sérieux
Creuse la ride au front, et blanchit les cheveux;
Enfin tous ces présens que le ciel nous envoie.
Sont plus souvent mêlés de larmes que de joie;
Mais à toi mes regrets?... je te dois, chère fleur,
Parmi mes tristes jours quelques jours de bonheur.

UNE VIOLETTE.

UNE VIOLETTE.

(RÊVERIE POÉTIQUE.)

« A change came o'er the spirit of my dream. »
— BYRON. —

D'où viens-tu, pauvre fleur fanée, que le souffle des brises envoie sur ma fenêtre? As-tu parcouru de longs espaces dans l'air, avant de venir suspendre ici ta course vagabonde? Ta patrie est-elle un de ces obscurs vallons où la pâle bruyère abrite de ses rameaux flexibles ton mystérieux parfum, ou bien es-tu née dans un de ces voluptueux boudoirs où la beauté s'endort bercée par des rêves d'amour? Tes fragiles pétales ont-elles déroulé leurs petites ailes au vent pur de la colline, ou bien as-tu grandi dans un vase d'eau limpide pour aller mourir ensuite dans une blanche prison de dentelle? Me chanteras-tu tout haut les sublimes harmonies de la nature rajeunie par le printemps, ou me raconteras-tu tout bas les mystérieux attraits d'une vierge chaste et craintive? Oh! je voudrais bien entendre, par ton délicat ministère, un de ces mille bruits de fleurs, de source ou de fauvette, qui tant de fois m'ont émue dans mes promenades solitaires, et pourtant je suis curieuse aussi d'écouter quelques délicieux secrets du cœur cueillis sur les lèvres d'un poëte. Dis-moi, humble violette, dis-moi l'heure et le lieu de ta naissance, tes succès et tes revers, tes joies et tes douleurs, enfin toutes les phases fugitives de ta fugitive destinée? ce sera le prix de l'hospitalité que je t'accorde.

Mais tu gardes le silence, malgré mes

désirs et mes prières; crains-tu donc de profaner tes souvenirs en les confiant à une oreille étrangère, ou veux-tu couvrir d'un voile impénétrable les mystères d'alcôve dont tu as été le discret témoin? alors, parle-moi des brises, des roses, des étoiles que j'aime tant! raconte-moi quelques-uns des problèmes infinis de la nature immense; laisse errer autour de moi tes parfums les plus doux; qu'ils bercent mon esprit de ces molles langueurs, de ces capricieux mensonges, de ces fraîches illusions, enfans de l'ivresse et de la nuit.

La nuit! sainte reine des poëtes! fée pâle

et solennelle qui préside à tant de spectacles magiques! protectrice miséricordieuse des êtres qui souffrent, et des petites fleurs qui s'étiolent!... la nuit! ô mon astre de prédilection... ô ma sublime divinité!......

Eh bien, chère violette, tu n'accordes rien à mes prières! je n'ai donc, ni le regard qui captive, ni la voix qui persuade, ni le sourire qui console... Je serai plus généreuse que toi, pauvre fleur trop timide, je te rendrai ta liberté chérie, et tu iras refleurir sous la rosée du matin; va, chère violette, va sur l'aile des brises retrouver tes sœurs du vallon.

SOUVENIR.

SOUVENIR.

—

A MON FILS.

Ils sont passés les jours d'automne,
Jours de caresse et de bonheur;
Le bois a perdu sa couronne,
Ton absence effeuille mon cœur.

Alors la nature et la vie
Semaient des fleurs à mon entour,
Et dans mon ame épanouie
J'aspirais des parfums d'amour.

Un sourire venait éclore,
Sur tes lèvres et dans tes yeux,
Frais et serein comme l'aurore
Qui découvre l'azur des cieux.

Né d'une chaste rêverie,
Sur tes vacillantes couleurs,
Un souffle de mélancolie
Versait un nuage de pleurs.

Dis-moi quelle amère pensée
Inclinait ton front sur ta main,
Comme une larme de rosée
Affaisse un bouton de jasmin.

Tu montrais à ta pauvre mère
Une ame tendre, un noble cœur,
Et je pleurais, car sur la terre
La bonté n'est que la douleur.

Tout petit, déjà la tristesse
A tes jeux semblait se mêler;
Et mes baisers et ma tendresse
En vain voulaient te consoler.

Quand, le matin, ta tête blonde
Venait se pencher sur mon cœur,
J'oublais le reste du monde
Dans un océan de bonheur.

Fleur suave de la colline,
Je t'accompagne d'un soupir,
Et, vers toi, mon ame s'incline
Pour aspirer ton souvenir.

Ils sont passés les jours d'automne,
Jours de caresse et de bonheur;
Le bois a perdu sa couronne
Ton absence effeuille mon cœur.

SUR LA MORT D'UN ENFANT.

SUR LA MORT D'UN ENFANT.

Dans notre monde de misère
Il fut jeté quelques instans,
Afin que de la vie amère
Il ne connût pas les tourmens.

Comme la rose dont l'empire
Meurt sous un souffle destructeur,
Son premier jour fut un sourire,
Le second fut une douleur.
De notre souffrance éternelle,
Craintif, il détourna les yeux ;
Un ange le prit sur son aile,
Et le ramena vers les cieux.

AUX CENDRES DE NAPOLÉON.

AUX CENDRES DE NAPOLÉON.

Soldats, ornez vos fronts de la vieille cocarde;
Poètes, modulez vos plus célestes chants;
Femmes, vers ce rocher que l'univers regarde,
Faites agenouiller tous les petits enfants.

Monarque ou mendiant, peuples, grands de la terre,
Devant cette ombre immense, en priant courbez-vous;
Car celui dont le nom veille sur cette pierre
Fut votre souverain et votre maître à *tous!*
Grèves de Sainte-Hélène, accordez des louanges
Au héros dont la cendre illustra votre bord;
Pour lui chantez aux cieux, voix pures des archanges,
Sublime fut sa vie, et grande fut sa mort.
A genoux, à genoux! la tombe qui s'entr'ouvre,
A la patrie en pleurs va rendre son orgueil;
La voix des vents gémit, et le soleil se couvre,
Car, du haut de son ciel, Dieu prend aussi le deuil.
L'air paraît embrâsé de flammes menaçantes,
On dirait qu'en foulant le gazon du tombeau,
Le sol fait bouillonner ses entrailles brûlantes,
La nature revêt un lugubre manteau.

L'Aigle sur le cercueil étend son aile grise,
Toutes les nations frémissent de terreur;
La mer suspend ses flots, le roc soudain se brise,
Et de son noir granit s'élève l'EMPEREUR !
Mondes, regardez bien ; une vaste auréole
Dore son front pâli d'un lumineux rayon,
Et l'écho qui mugit, et la brise qui vole,
De tous les points du globe ont apporté son nom.
La vague a retrouvé sa sauvage harmonie,
Le ruisseau tout joyeux murmure sous les fleurs,
Le rossignol, aux bois, reprend sa mélodie,
Et des guerriers émus se sont taris les pleurs.
Sur un brancard formé d'acanthes et de saules,
On pose, avec respect, ses restes glorieux,
Et ses vieux serviteurs, en chargeant leurs épaules,
Descendent lentement le sentier sinueux.

Salut à ce héros, dont la tête puissante,
Foudre de guerre, espoir et terreur des soldats,
Dirigeait d'un regard l'Europe obéissante ;
France, réjouis-toi... il rentre en ses Etats !...

Dans le vague des airs, les cris qui se confondent
Proclament que bientôt l'Empereur va passer ;
Des villages lointains les clameurs se répondent,
Et l'on voit en pleurant les vieillards s'embrasser.

Alors de mille bras, l'infatigable zèle,
Bouillant d'impatience au signal du départ,
Porte jusqu'à Paris la dépouille mortelle,
Se disputant l'honneur de toucher au brancard.

Ils traînent leur fardeau à travers les montagnes,
Dédaignant la fatigue, et bravant le sommeil,
Durant huit jours, on voit s'agiter les campagnes
Sous le poids vénéré du lugubre appareil.

Chaque minute accroît la foule palpitante;
Le peuple en son ardeur n'apporte plus de frein;
Sous le pont d'Iéna la Seine est mugissante;
La colonne a tremblé sur son socle d'airain!

Des salves du canon que les airs retentissent!
Clocher de Notre-Dame, ébranle ton bourdon!
Qu'à tous les monumens les étendards frémissent
Pour saluer Napoléon!...

Vous, restes glorieux de la garde intrépide,
Qui, dans tout l'univers, arborant le drapeau,
A travers les combats prenait toujours pour guide
Son immortel petit chapeau,

Du dôme des héros ouvrez le sanctuaire;
Qu'en cette arche, conquise au prix de votre sang,
On place saintement le dépôt funéraire
Sur son trône de marbre blanc.

Au milieu des honneurs de ton apothéose,
Grande ombre, jette-nous un regard satisfait.
Riche ou pauvre, chacun apporte son bienfait
Pour ériger ce temple où ta gloire repose.

Si le prince orgueilleux enlève à sa splendeur
Un joyau précieux qu'il fixe à ta couronne,
L'honnête mendiant conserve son aumône,
Et la veuve en secret y dépose une fleur.

Le fils du vieux soldat vend la croix de son père
Pour joindre son offrande au don de l'ouvrier,
Et le cœur s'attendrit en voyant le denier
Qu'un noble dévoûment dispute à la misère.

Mais si le pauvre, hélas! honteux de ses malheurs,
Presque mourant de faim n'offre pas son obole,
Ombre, que ton sourire un moment le console :
Le pauvre arrosera ta tombe avec ses pleurs!...

A M. DURAND.

A M. DURAND,

MENUISIER,

QUI M'AVAIT ADRESSÉ DES VERS.

Ami, te souviens-tu de ces longues histoires
Que tu me racontais, le soir, dans le verger,
Sur le peuple souffrant dont tu chantais les gloires,
Grand homme tout naïf, illustre Béranger?

Te souviens-tu, dis-moi, de nos courses lointaines
Dans les rians vallons, sur les rochers géans,
Lorsque nous écoutions l'humble bruit des fontaines
Qu'accompagne, en grondant, l'orchestre des torrens?

On lisait dans tes yeux près de soixante années
D'audace sans remords, de lutte sans effroi;
Et toutes tes vertus, l'une à l'autre enchaînées,
Avec un noble orgueil marchaient auprès de toi.

Oh! je te vois encore avec ton front qui penche,
Pour mieux me consoler, feindre un souris joyeux,
Et, soulevant vers moi ta petite main blanche,
Essuyer doucement les larmes de mes yeux.

Je te vois, de Durand me montrant la retraite,
Tu m'indiquais du doigt, dans le vaste horison,
Le côté de la ville où l'artisan-poète
Travaille, rêve, écrit dans une humble maison.

« Salut! lui disais-tu, salut, Muse féconde,
» Chantre mélodieux, patient ouvrier
» Qui, dédaignant la pompe éphémère du monde,
» Préfère, au bruit d'un nom, le bruit d'un atelier.

» Le génie, en secret, habite dans ton ame;
» C'est lui qui, sur tes pas, semant les visions,
» Comme un divin parfum, comme une pure flamme,
» Fait briller tes regards de célestes rayons.

» En vain, pour gazouiller sous le feuillage sombre,
» Le rossignol attend la nuit au fond des bois;
» Curieux, le passant vient écouter dans l'ombre
» La note fugitive éclose sous sa voix.

» Oh! de ta pauvreté accepte le martyre!
» Laisse ton nom grandir dans son obscurité!
» Et chaque jour la brise, en passant sur ta lyre,
» Ira porter tes vers à l'immortalité! »

Et puis nous regagnions la demeure en silence;
On n'entendait plus rien sous le ciel radieux
Que quelques cris perdus dans la campagne immense:
C'était la nuit, c'était l'heure de nos adieux.

Ami, te souviens-tu de ces longues histoires
Que tu me racontais, le soir, dans le verger,
Sur le peuple souffrant dont tu chantais les gloires,
Grand homme tout naïf, illustre Béranger?

LA CAMPAGNE.

LA CAMPAGNE.

Loin du monde et du bruit, on s'aime davantage ;
Dans le nuage, au ciel, une voix parle aux cœurs;
Le chant du rossignol, la cloche du village,
Ont des charmes secrets qui font couler les pleurs.

Et puis quand vient le soir, sous la sombre verdure,
La lune, vierge pâle, astre des malheureux,
Prête un reflet si doux que dans l'ame murmure
Comme l'écho sacré d'un cantique pieux.

Parfois, sur le chemin, en marchant on s'arrête
Au pied d'un tertre où veille une croix de bois noir;
C'est la tombe du pauvre!... homme, incline la tête,
C'est là qu'il faut prier, c'est là qu'il faut s'asseoir.

Ou bien quand, sur les flots, la légère gondole
Se soulève en cadence au souffle de la nuit,
On essaie à deux voix un air de barcarole
Que la fauvette, au loin, répète dans son nid.

La campagne!... est pour moi la riante corbeille
Où le printemps choisit ses plus fraîches couleurs;
Je n'ai plus de chagrin quand, au matin, m'éveille
La brise en soupirant dans l'aubépine en fleurs!..

—

A MARIE BIAGIOLI.

A MARIE BIAGIOLI.

Un soir, qu'en me contant tes secrètes alarmes,

Tu te plaignais, enfant, des rigueurs du destin,

Je sentis à ta voix mes yeux mouillés de larmes,

Et ma main tout-à-coup se trouva dans ta main.

Entre nous s'éveillait l'étroite sympathie
Qui devait, tu le sais, réalisant nos vœux,
Enchaîner tes chagrins aux chagrins de ma vie,
Et mêler tes plaisirs à mes rêves joyeux.
De nos jours la douleur avait rivé la chaîne,
Aux dangers de l'amour nous avions renoncé;
Mais voilà qu'aujourd'hui son charme nous entraîne,
Et que, pour l'avenir, nous brisons le passé.
Jeune, tu veux une ame attachée à ton ame,
L'amour chasse bien loin l'amitié, désormais;
Pourtant, l'un brûle et meurt comme une ardente flamme,
L'autre vit sans éclat, mais ne s'éteint jamais.
Quand tu verras briller la lumineuse étoile
Qui doit, crédule enfant, planer sur tes destins,
Du temps qui fuit trop tôt soulève un peu le voile,
Pour rêver un moment à nos doux entretiens;

Mêle le souvenir à la frêle espérance,

Et dis en me gardant une place en ton cœur :

Puisqu'elle a su m'aimer aux jours de ma souffrance,

Moi je saurai l'aimer aux jours de mon bonheur.

L'OISEAU CAPTIF.

L'OISEAU CAPTIF.

Est-ce bien toi qu'hier encore,
Petit oiseau, je vis au bois?
Hélas! pourquoi ta douce voix,
Que répétait l'écho sonore,

N'a-t-elle plus, comme autrefois,
Ces chants qu'il m'était doux d'entendre?
Ton nid de mousse est-il moins tendre?
Ou le compagnon de tes jeux,
Ingrat, ne veut-il plus te rendre
Cet amour qu'en des temps heureux
Lui-même avait voulu t'apprendre?
La branche est-elle sans abri
Pour reposer ta tête frêle?
Sous l'épais duvet de ton aile,
Quelques méchans ont-ils meurtri
Ton corps d'une atteinte cruelle?
Sous l'arbre vert qui le recèle
Ton frais ruisseau s'est-il tari?

. . . .

Non... Dans les barreaux d'une cage,

Pauvre oiseau, l'on t'a fait captif,
Et te souvenant du feuillage
Où s'exhalait ton chant plaintif,
Tu compares la douce image
Du temps où, libre et fugitif,
Pour tous maux tu craignais l'orage !...
Mais espère... Faible et chétif,
On aura pitié de ton âge;
Tu reverras ton ciel serein,
Ton ruisseau, tes bois et ta mère.
Pauvre mère !... l'écho sans fin
Redit les chants de sa misère;
Elle sort du lit la première
Pour t'attendre sur le chemin.
Garde encore un peu d'espérance,
Pour souffrir les maux de l'absence,

On aura pitié de ton sort;
Mais si, triste, tu perds courage,
Quand pour toi s'ouvrira la cage,
Pauvre petit... tu seras mort.

—

UNE LETTRE.

UNE LETTRE.

Quel est celui de vous, lecteurs, qui, mille fois en sa vie, n'a pas palpité d'inquiétude, de trouble ou de plaisir en voyant, de bien loin, venir le facteur chargé de vous apporter une lettre? Qui n'a pas, avant de l'ouvrir, retourné, examiné, admiré avec ivresse l'élégante économie de sa structure et senti battre violemment son cœur, rien qu'à briser avec précaution ce petit cachet parfumé qui en scèle les mystérieuses confidences? Sortis du néant pour arriver au tombeau, pauvres humains que nous sommes, parmi les joies rares qui ont adouci le poids de notre triste existence, les lettres n'y ont-elles pas été souvent pour quelque chose? Ne dirait-on pas que l'ame des amis absens soupire et se débat dans ces petites prisons blanches qui renferment tant de trésors ?

Longues et délicieuses habitudes d'aimer, qui franchissent toutes les distances, ineffables causeries de famille où le cœur s'abandonne à d'intimes épanchemens, mélodieuses élégies qui nous enivrent des suaves parfums du souvenir, fraiches et rieuses histoires pleines de naïfs enchantemens, religion, amour, amitié sainte, souvenance des choses qui ne sont plus, des petits enfans qui grandissent, des fleurs qui croissaient sur nos fenêtres, échos lointains des harmonies d'autrefois dont notre mémoire écoute avec transport les notes indécises, ne venez-vous pas nous égayer, nous rajeunir, nous charmer dans une *lettre?*

Quel jeune homme n'a pas frissonné de tous ses membres, en tenant sous ses doigts ce petit papier triangulaire, délicat, satiné, empreint d'une délicieuse senteur d'ambre ou de patchouli, et dont le cachet porte une devise connue de lui seul ! ce petit papier si léger qu'un souffle l'envole et qui contient toute une heureuse destinée peut-être, première réponse à une première lettre d'amour!... Quelle coquette a lu sans orgueil, quelle amante a dévoré sans trouble ces lignes de feu écloses sous le despotisme d'une passion vraie ! Quelle femme éloignée de son enfant n'a inondé de larmes de joie la première lettre qui lui apprend que le cher petit ange qu'elle adore commence à bégayer le mot de *mère!* Quel marin, en montant sur son navire, n'a-t-il étendu la main vers le rivage en demandant, les larmes aux yeux, un billet, une ligne, un mot des amis dont il s'éloigne, et du coin de terre qu'il ne reverra peut-être jamais! Quel voyageur, quel poète, quel exilé n'a-t-il pas prié Dieu chaque soir de lui envoyer, sous la fragile enveloppe d'une lettre, des nouvelles de sa mère, de sa femme, de son pays! Qui n'a pas senti enfin, en baisant avec amour ce lointain message, la plus douce de toutes les tristesses du cœur, celle de la patrie absente !

Une lettre ! c'est une richesse que le pauvre possède aussi bien que le riche ; c'est un baume qui pénètre le cœur jusques dans ses replis les plus secrets ; ce sont nos années écoulées qui reviennent, jeunes et fraîches, comme autant de fictions aimables ; ce sont nos illusions de vingt ans qui passent folles et joyeuses devant nos regards désabusés ; ce sont, enfin, les brises du printemps qui glissent encore, vives et odorantes, à travers les rameaux morts de notre dernier hiver.

Aussi, quand elle n'est ni d'un philosophe, ni d'une pédante, ni d'un créancier, c'est, à mon avis, la plus délicieuse chose du monde qu'une *lettre*.

AU DUC DE REICHSTADT.

SUR LA MORT DU DUC DE REICHSTADT.

Pièce qui a obtenu une fleur à l'Académie royale des jeux floraux de Toulouse.

La veille de ta mort, on dit que le tonnerre
Grondant aux flancs poudreux d'un nuage tout brun,
Comme un avis d'en haut envoyé par ton père,
Abattit l'aigle altier du palais de Schoenbrun.

5.

On dit que d'un regard, illuminé dans l'ombre,
Tu semblais de la France interroger le ciel,
Et croire en ton orgueil que cet horizon sombre
S'éclaircirait au feu du glaive paternel.

Puis ton bras s'agitait, et quand son impuissance
Disputait au fourreau l'arme du conquérant,
On dit qu'à ton chevet se pressait en silence
La foule qu'alarmait ta fièvre de mourant.

Jeune homme, il était grand, il était beau, ton rêve!
Comme un vaisseau raidit le cable qui le tient,
Et sur le flot mouvant se balance et se lève,
Ton cœur devait bondir sous l'habit autrichien.

Car tu savais qu'enfant, pour endormir ta peine,
On jetait à tes pieds des couronnes de rois;
Car ton œil s'étendait au-delà de ta chaîne;
Car il faut au lion l'immensité des bois.

Mais aussi savais-tu que la pompe du trône
Ote à l'illusion ses fraîches ailes d'or;
Que la plainte du pauvre, implorant une aumône,
Creuse au front couronné la ride et le remord.

Comme après un long calme un orage commence,
Savais-tu que, sorti de son lâche sommeil,
Sans réserve et sans peur le peuple aujourd'hui pense,
Reprenant son rang d'homme et sa place au soleil!

Et quand, sur la frontière, une garde attentive,
En te voyant franchir notre sol respecté,
A toi, fils de despote, aurait crié : — Qui vive?
Aurais-tu su, dis-moi, répondre : — Liberté?

LA FOLLE.

LA FOLLE.

(ÉLÉGIE.)

Avoir des jours sans calme, et des nuits sans sommeil,
Attendre, pour sourire, un éclair d'espérance,
Comme au bois, le matin, les oiseaux en silence,
Attendent, pour chanter, un rayon de soleil;

Dissiper en soupirs sa jeunesse et ses charmes,
Du bout des lèvres, boire une goutte de miel,
Et, sans savoir pourquoi, vers l'azur d'un beau ciel,
Soulever avec peine un œil chargé de larmes;

Descendre tristement la pente du chemin,
Caressant un passé que long-temps on regrette;
De toutes parts tourner incessamment la tête,
Désireux d'un ami qui nous tende la main;

Poursuivre un songe vague!... et dire qu'on oublie
Ceux qui passent en pleurs leurs instans à souffrir!...
Voir les fleurs de son front feuille à feuille mourir,
Quand on est seule au monde, hélas!... voilà la vie!

D'une aile vive et rafraîchie,
Déjà le printemps reparaît,
Et de sa longue léthargie,
En moi le souvenir renaît.
Pensons vite : dans ma demeure
Le geôlier viendra tout-à-l'heure
Charger de fers mes bras meurtris;
Et pourtant lorsque je lui dis :
« Vois comme je suis jeune, » il pleure!
Pleurer!... Depuis qu'il est mort, lui !...
Mes yeux n'ont pu verser de larmes!...
Tant de jeunesse, tant de charmes!...
Il aurait vingt ans aujourd'hui!
Heureuse encor, sa triste mère,
A genoux, au pied de sa croix,
D'une douce et pieuse voix,

Pour lui murmure une prière.
Ici, toujours même horizon,
Même bruit et même silence:
Oh! songe-t-il à mon absence
Lorsque je suis dans ma prison?
De sa creuse et vide paupière
Me montre-t-il, lassé d'ennui,
La place qu'il a, sous sa pierre,
Pour moi, gardée auprès de lui...

Que de parfums dans l'air!... que son haleine est fraîche!
Je voudrais bien mourir!
Je suis jeune, je souffre, et pourtant rien n'empêche
Les roses de fleurir!

Pour moi, dans le clocher, quand l'horloge résonne,
L'heure n'est que du bruit ;
Que m'importe le jour ! je n'attends plus personne,
Que m'importe la nuit !

Il me disait souvent : « Chante, ta voix console, »
Chantons, il m'aimera.
Chantons bien doucement, ou l'on me croira folle,
Et le geôlier viendra.

BALLADE.

« La gothique tourelle,
» Sur elle,
» S'émeut.

» Cache, pauvre hirondelle,
» Ton aile,
» Il pleut.

» Vois sa base profonde
» Que l'onde
» Brunit.
» Déjà le ciel qui gronde
» Inonde
» Ton nid.

» Crains d'errer solitaire;
» De l'aire
» Descend

» Le corbeau funéraire
» Qui flaire
» Le sang.

» Encor toute petite,
» J'hésite
» De peur.
» — N'importe, accepte vite,
» Pour gîte,
» Mon cœur.

» La gothique tourelle,
» Sur elle,
» S'émeut,

» Cache, pauvre hirondelle,

» Ton aile,

» Il pleut. »

On dit qu'au chant de sa voix tendre,

Le geôlier vint lui faire prendre

Ses fers un instant oubliés ;

Et que la brise d'une branche,

Détachant une rose blanche,

L'envoya mourir à ses pieds.

A

L'AUTEUR DE L'ABBÉ DELÉPÉE.

A L'AUTEUR DE L'ABBÉ DELÉPÉE.

Il est un nom bien cher que la jeunesse adore,
Nom doux et consolant qui chasse les douleurs,
Que la femme chérit, que le poète honore,
Un nom qui fait sourire et fait verser des pleurs.

Riche ou pauvre, chacun, en poursuivant sa route,
L'a dans son souvenir tendrement recueilli;
Ce nom qu'avec amour la jeune fille écoute,
Vous l'avez deviné, c'est celui de Bouilli.

Conteur ingénieux, au gré de son caprice,
Il sème tour-à-tour l'esprit et la gaîté,
Les grâces, la raison, l'enjouement, la malice,
Et le sublime auprès de la simplicité.

Mais quand il peint l'amour, et ces divines choses,
Dont il rêve toujours, quoique déjà bien vieux,
On dirait qu'une brise au souffle audacieux
Ouvre malgré l'hiver le calice des roses.

Cœur d'ange et guide sûr, quand l'heure du chagrin
A chassé loin de nous les heures du sourire,
Sa voix tendre a toujours quelque chose à nous dire,
Et sa main doucement vient presser notre main.

C'est au milieu de nous qu'il attendra l'automne;
Captivez-le long-temps, Muses de ce séjour,
Car, tristes, nous dirons quand s'en ira Pomone,
Hélas! pourquoi l'été n'a-t-il duré qu'un jour!

—

HISTOIRE D'UNE FLEUR.

HISTOIRE D'UNE FLEUR.

DÉDIÉE A SA MAJESTÉ LA REINE.

Au souffle de l'Aquilon
Qui balançait la verdure,
Humble fille du vallon,
Je naquis, modeste et pure,
Sous l'aile d'un papillon,

De mes voisins les ruisseaux,
J'aimais la pente fleurie,
Le cristal bleu de leurs eaux,
En fixant ma rêverie,
Baignait les petits oiseaux.

Attiré par la fraicheur
De ce séjour de délice,
Un insecte (*) par malheur
Se posa dans mon calice
Qu'il dora de sa lueur.

(*) Luciole, mouche phosphorescente.

C'était par un soir, bien tard,
Le pâtre de la vallée,
Qui se trouvait en retard,
M'aperçoit sous la feuillée,
Me prend pour sa mère, et part.

La luciole s'envola
Vers sa brillante patrie;
Quant à moi, l'on me mêla
A des fleurs de la prairie
Qu'un vase pur recéla.

Me voici dans le châlet
De la mère à Jean-Maurice;

Sur la fenêtre on me met
Entre un orgueilleux narcisse
Et un timide muguet.

Sous le chaume du ravin
Vivait cette pauvre vieille,
Maudite par le destin;
Car l'orage, de sa treille,
Avait détruit le raisin.

A la porte on frappe un soir;
Je frissonnai sur ma tige:
C'était l'ange de l'espoir,
Une ame tendre, un prestige
Qui, de loin, venait nous voir.

C'était une douce voix
Qui disait douce parole;
Un ange, qui, tous les mois,
Apportait l'or qui console
A de pauvres villageois.

Blanche étoile du bonheur,
Elle abandonnait son trône
Pour secourir le malheur;
M'apercevant sous le chaume,
Elle me mit sur son cœur.

Dans un splendide séjour,
Loin de sa belle patrie

Où, reine, elle avait sa cour,
Du divin nom de Marie
On salua son retour.

Ainsi, du jeune berger
Je quittai donc la chaumière;
Mais hélas! non sans songer
Que la vie est éphémère
Et le bonheur passager.

Me voilà dans un palais
Où brillaient mille richesses;
Pauvre fleur, je recevais

Tant d'honneurs et de caresses
Qu'alors je me flétrissais.

De la France qu'elle aimait,
Cette jeune et triste femme,
Hélas! souvent me parlait.
Je sentais gémir son ame
Dans tout ce qu'elle me contait.

En berçant son doux enfant,
Petit ange aux blanches ailes,
Qui dormait en souriant,
Ses mains si nobles, si belles,
Créaient la vie en jouant.

Assise auprès du berceau,
Artiste et mère... on peut dire
Qu'elle sut tout rendre beau :
L'enfant avec un sourire,
Le marbre avec un ciseau.

Elle me tenait un soir
Dans sa main couleur de rose;
Là, je crus m'apercevoir
Que sur sa paupière close
La pâleur venait s'asseoir.

Hélas ! trop tôt le destin,
D'une sinistre auréole

Entoura son front serein.
Fleur que la brise étiole,
Elle mourut un matin.

L'aile grise du malheur
Couvrit le ciel de la France.
On me laissa sur son cœur.
Vous, qui pleurez son absence,
Pauvre mère !... aimez **LA FLEUR** !

A M. DELON DE LA COMBLE.

A M. DELON DE LA COMBLE.

Puisqu'un sylphe s'en vient, durant vos insomnies,
Vous murmurer tout bas de saintes harmonies;
Puisque sur votre front, puisque dans votre cœur
Règne du feu sacré la poétique ardeur,

A ce céleste empire où le sort vous appelle,
Pourquoi, pauvre rêveur, êtes-vous infidèle?
Pourquoi, de votre luth, la note qui gémit,
Trop timide le jour, chante-t-elle la nuit?
Des mystères du cœur, agréable interprète,
Laissez errer les vers que créa le poëte;
Et n'allez pas, de grâce, obscur négociant,
Avec l'ignoble chiffre entraver le talent?
Si l'on doit un hommage à votre voix féconde,
Vous devez bien aussi quelque chose à ce monde.
De l'artiste cacher le sublime labeur,
C'est languir sous le poids d'une égoïste erreur.
A votre esquif attachez une voile,
Embarquez-vous sur les flots écumans,
Dans les brouillards brille une blanche étoile,
Que sa lueur guide vos pas tremblans;

Un jour finit, un autre jour commence,
Ne peut-il pas faire éclore des fleurs?
Accompagné de la douce espérance,
Gagnez du ciel les superbes hauteurs?

A MADAME BOUILLY.

A MADAME BOUILLY.

Elle a dans le regard, à la fois doux et fin,
Une bonté qui fait qu'on l'aime;
Dans sa tournure est une grâce extrême,
Dans son esprit un tour malin
Qu'un air modeste cache en vain.

A la danse, souple et légère,
Elle peut défier les folles de quinze ans ;
Et son tout petit pied n'effleure plus la terre
Quand préludent au bal les archets frémissans
Autour du chêne altier dont l'antique feuillage
Brave, sans s'ébranler, la neige des hivers.
Humble arbuste, au géant, mêlant son frais ombrage,
Elle orne ses rameaux de pampres toujours verts.
Comme aux doux temps de l'espérance
On dirait, en voyant tant de grâces, enfin,
Qu'elle a découvert le chemin
Qui ramène à l'adolescence.

A MADAME TUGAULT.

A MADAME AMÉLIE TUGAULT.

Qui m'avait demandé des vers pour un Album.

Sur ces feuillets légers où l'ame du poète
Brille comme une fleur que la source reflète;
Où l'artiste, pour vous, essaya son crayon,
Vous désirez, Madame, inscrire aussi mon nom.

De mille qualités, ineffable mélange,
Il règne autour de vous une magie étrange;
Mais, pour en esquisser le charme séducteur,
Il faudrait un talent digne de tant d'honneur.
Et le mien, qui commence à peine sa carrière,
A peur, en vous peignant, de rester en arrière.
Le temps qui fuit, hélas! en flétrissant la fleur,
A détourné de vous son souffle destructeur.
Votre plaintive voix mouille les yeux de larmes,
Votre souris malin, empreint de tant de charmes,
Fait que chacun vous aime, et sent auprès de vous
S'éveiller en son cœur quelque chose de doux.
Enfin vous ressemblez à l'ange qui console,
Au front environné d'une fraîche auréole,
Et qui, pour un moment, abandonnant le ciel,
Présente à l'infortune une coupe de miel.

L'AURORE.

L'AURORE.

O quelle sublime et magnifique création tu éclaires à ton lever, joyeuse aurore! quand, sous les sombres brouillards de la nuit, tu t'éveilles, humide et frémissante, pour rajeunir la nature et embellir les campagnes!... Quand, de ton voile rose et diaphane, tu laisses tomber sur la terre ces perles liquides qui ouvrent le calice des fleurs!... Quand tu déroules, à la brise matinale, les petites ailes veloutées des papillons et des lucioles! l'univers se montre alors dans toute la majesté de sa grandeur! On aperçoit les collines avec les forêts dont elles sont couronnées; les côteaux avec les vignes qui les tapissent; les champs avec les moissons qui les couvrent; les prairies avec les ruisseaux qui les arrosent. L'horizon s'enflamme, les nuages se colorent, les vapeurs se dissipent, et le soleil, ce magnifique roi du ciel, apparaît sur un trône immense de pourpre et d'or !....... Un premier rayon, rose comme les pétales de l'églantine, glisse rapidement d'une extrémité à l'autre de l'horizon ; le second, revêtu des teintes safranées de l'impériale, vient se joindre au premier ; puis le globe de feu se dégage entouré d'une auréole lumineuse, dont chaque reflet inonde le feuillage et réchauffe les plantes engourdies... C'est alors que la campagne s'anime et se réjouit, que la cloche aux sons mélancoliques tinte sous la campanille rustique, que le parfum des bois s'exhale dans l'air pur, que la fauvette commence sa mélodie sous les roseaux, que le lourd attelage de la charrue creuse de larges sillons pour fertiliser la terre. Aurore!... mère des saintes inspirations! divine lumière qui jette dans l'ame sa chaleureuse influence! Ils ont perdu de bien pures joies, de bien divines extases, ceux qui n'ont pas admiré ton suave éclat, ni oublié un instant les amertumes de la vie, en se livrant devant toi à de sublimes contemplations!...

LE COUCHER.

LE COUCHER.

Minuit sonne, et bientôt la foule conviée
Vainement au salon cherche la mariée :
Elle a fui !... Le bal cesse, et l'archet soupirant,
En sons lointains et doux fait gémir l'instrument.

. . . .

De quels mots retracer ce moment plein de charmes,
Quand tour-à-tour en proie aux désirs, aux alarmes,
La douce et chaste enfant, poussant un long soupir
Qu'arrache à sa candeur l'attente du plaisir,
Entre, en baissant les yeux, sous l'aile d'une mère,
Dans un réduit charmant, asile du mystère,
Où tout semble exhaler un doux parfum d'amour!

. . . .

Elle est seule... et déjà, dans le discret séjour,
A l'instant de quitter sa brillante parure,
Sa main avec effort détache sa ceinture.
Qui fait battre ton cœur?... Ainsi que chaque soir
Aucun regard jaloux ne peut apercevoir
La blancheur de ton sein ou sa grâce enfantine;
Ce corset, qui décèle une taille divine,

Jette-le loin de toi; qu'errant à tout hasard
On juge, à ses contours, que tu plairais sans art.

. . . .

Sous un simple tissu, des attraits de son âge
Son miroir répétant la ravissante image
La vit sourire... Alors une secrète voix
Lui fit entendre un mot pour la première fois.
Ce mot... c'était beauté! — Sur des coussins de rose
Son front charmant s'incline et mollement repose
Dans les rideaux légers par la pourpre embellis;
Zéphyr, en se jouant, glisse le long des plis.
Claire a prêté l'oreille; elle craint et désire;
Se penche pour entendre... A peine elle respire,
D'un pas furtif on vient!... Moment cruel et doux!...
On entre, elle frémit... car c'est son jeune époux!

. . . .

Elle pleure et sourit !... Pauvre hirondelle prise!
Quand, propice à ses vœux, un souffle de la brise,
De la lampe qui veille affaiblissant les feux,
Sur le lit nuptial répand un jour douteux.

. . . .

Mais quels sont ces soupirs !... ce cri dans le silence!
Est-ce un cri de bonheur... est-ce un cri de souffrance!
Arrête, mon pinceau; l'amour sans la pudeur
Est une eau sans murmure, est un printems sans fleur!

A M. BOUILLY.

A M. BOUILLY.

IMPROMPTU FAIT A UN DÉJEUNER.

Inépuisable verve, incroyable mémoire,
Art divin de conter, talent qu'il réunit,
Vous parvenez à faire croire
Que la vieillesse rajeunit.

Le doux repas dans lequel il dispense
Les flots de son esprit plein de vivacité,
Commence par la folle et bruyante gaîté,
Finit par la reconnaissance.

A MADAME DE LASSUE.

A MADAME DE LASSUE.

IMPROMPTU.

Douce dans ses regards, douce dans son langage,
Elle sait le secret de calmer les douleurs,
L'ineffable bonté embellit son visage
Comme elle veille aussi dans le fond de son cœur.

Au pauvre mendiant, que la misère affame,
Elle accorde toujours un secours généreux;
Enfin le temps, qui blanchit ses cheveux,
A respecté la candeur de son ame.

—

L'ANCOLIE DES JARDINS.

L'ANCOLIE DES JARDINS.

A MADAME GUÉRIN.

Quand l'aube, à son lever, verse dans ton calice
Les humides bienfaits de la rosée en pleurs;
Quand, pour baigner tes pieds, sans bruit le ruisseau glisse
A travers un tapis de verdure et de fleurs;

Quand le soleil, aux cieux, tout joyeux étincelle
Pour inonder ton sein de rayons pénétrants ;
Quand la fauvette, au loin, te berce de ses chants ;
Quand la brise, en passant, t'effleure de son aile,
Pourquoi, pauvre Ancolie, une triste pâleur
Ote-t-elle à ton front sa couleur éclatante?
Sous quel souffle mauvais, sous quel vent destructeur
Inclines-tu, dis-moi, ta tige languissante?
Les hommages partout surgissent sous tes pas,
La reine des jardins te regarde et t'envie,
Au plaisir d'exister la terre te convie,
Et de tous ces biens-là tu ne profites pas!...
Belle et jeune, en ce monde, où pour toi la richesse
Étale avec orgueil ses splendides hochets;
Au milieu du bonheur la souffrance t'oppresse,
Et tes beaux jours s'en vont sans charme et sans attraits.

Parmi les nobles fleurs de ton brillant parterre,
Qui viennent sur ton sein verser des flots d'encens,
De la sainte amitié, fille d'un cœur sincère,
As-tu trouvé, dis-moi, les trésors caressans?
As-tu senti frémir ta suave corolle
A la voix d'une sœur qui vraiment sait aimer?
As-tu su distinguer le bonheur qui console
Du plaisir qui ne peut qu'un instant nous charmer?
Écoute : en ces jardins où la coquetterie
Sème ses dons légers et son parfum menteur,
Garde-toi d'accueillir l'adroite flatterie,
Dont le miel enivrant empoisonne le cœur,
Espère, car bientôt l'aube, plus chaude encore,
Fera pleuvoir sur toi de plus douces vapeurs;
Sous l'ombrage des bois, aux baisers de l'aurore,
Tu paraîtras avec de plus fraîches couleurs;

Quand le printemps revient, chaque plante se lève,
L'oiseau reprend son chant, tout vit dans l'univers :
Fleur, tu verras aussi ta languissante sève
Renaître au vent du ciel et parfumer les airs.

TABLE.

TABLE.

www.ingramcontent.com/pod-product-compliance
Ingram Content Group UK Ltd.
Pitfield, Milton Keynes, MK11 3LW, UK
UKHW031844260826
14628UKWH00002B/569

9 782012 941229